BLANCHE

COMÉDIE EN TROIS ACTES.

PAR MADAME LA COMTESSE DE L***

IMPRIMÉ PAR CHRETIEN, IMPRIMEUR A MONTARGIS.

—

MDCCCLII.

BLANCHE

COMÉDIE EN TROIS ACTES.

PERSONNAGES.

Madame d'Arbel.
Blanche d'Arbel, sa fille.
Madame de Salvere, sœur de Madame d'Arbel.

M. de Belgardes.
M. de Valmore, neveu de M. de Belgardes.
André, domestique.

La scène se passe dans un château éloigné de Paris.

ACTE PREMIER.

SCÈNE PREMIÈRE.

MADAME D'ARBEL.

(Elle s'avance en parcourant une lettre.)

Je ne m'attendais pas, ce matin au réveil,
A méditer ici sur un sujet pareil,
Le moindre événement dans ma douce retraite
Trouble ce calme heureux, seul bien que je souhaite;
Mais ce serait bien mal de ne songer qu'à moi,
Cette lettre est bizarre et met tout en émoi
Mon âme jusqu'alors uniquement livrée
Au doux soin d'élever une fille adorée,
Sans trop penser qu'un jour on viendrait me ravir
Ce trésor au moment où j'allais en jouir.
C'est ainsi par le temps qu'on se laisse surprendre.

Elle lit.

Il me faut lire encore afin de bien comprendre.
« Je te prie instamment, aimable et bonne sœur,
De recevoir demain avec quelque faveur
Deux miens amis qui sont de notre voisinage
Et qui pour tes beaux yeux commencent ce voyage.
Tu les ouvres tout grands, ces beaux yeux, car jamais
Tu ne te crus jolie. Eh bien ! je me trompais
Ce n'est pas pour les tiens, c'est pour ceux de ta fille.
L'oncle et puis le neveu composent la famille.
Le jeune homme aspirait aux douceurs de l'hymen
J'ai parlé de ma nièce et l'oncle a dit amen.
Car il savait ton nom et ta vertu sévère ;
Que toute consacrée à tes devoirs de mère,
Veuve depuis dix ans, ayant quitté Paris
Et d'élever ta fille à toi seule entrepris,

Tu renonças pour elle aux plaisirs de ton âge. »

Elle s'interrompt.

Ah ! je n'eus pas besoin pour cela de courage.
A vingt-deux ans déja j'avais assez souffert.
Je savais le néant de ce que m'eût offert
Le monde pour guérir ma saignante blessure.
Elle s'est refermée en suivant la nature
Qui m'ordonnait d'aimer d'un sentiment plus doux
L'enfant qu'avait bénie en mourant mon époux.
Je me souviens encor de cet instant suprême.
Il me dit : Je te laisse une part de moi-même ;
Ce vivant souvenir, ne le quitte jamais,
Et presque autant que toi songe que je l'aimais ;
Sois son guide jusqu'à ce que son époux vienne,
Et d'un bras plus puissant que le tien la soutienne.
Tu seras libre alors car de mon souvenir
Je n'aurais pas le droit d'enchaîner l'avenir. »
Oh ! triste liberté que celle du veuvage !
Quand on a bien aimé. Peut-on en faire usage ?
N'aurai-je pas toujours ta mémoire à chérir?
Et mes petits enfants plus tard à voir courir.
Mais j'anticipe un peu. La lettre n'est pas lue
Et grand-mère déja vraiment je me suis crue.

Elle reprend sa lecture.

« Ces Messieurs font semblant d'aller en Languedoc
Chez toi pour s'arrêter et te parler ad hoc. »

S'interrompant.

Quel heureux naturel. De tout elle sait rire
Et jamais son esprit à rien n'a su nuire.

Elle reprend.

« Nous n'avons pas voulu de ces expédients
« De voiture versée ou de faux mendiants

C.

« Comme nous en lisons. C'eût été très-commode
« De les faire arriver tandis qu'on raccommode
« L'équipage en morceaux; dans leur extrémité
« Demander au manoir son hospitalité.
« Blanche eût peut-être aimé ce début romanesque :
« Maintenant qu'ils sont loin, je le regrette presque.
« Mais s'il faut l'avouer, ils vont tout bonnement
« Par le chemin de fer jusqu'à l'embranchement....., »

S'interrompant.

Ah ! la voilà partie.. il faut qu'elle plaisante
Pour une page au moins. Je suis impatiente
D'arriver de sa lettre à l'endroit sérieux.

Elle parcourt et puis reprend tout haut.

« Ce Monsieur de Valmore est très riche en aïeux.
« Cela ne suffit pas, je le dis, tu le penses ;
« Mais il est riche aussi de deux terres immenses,
« D'un attelage anglais, d'un hôtel à Paris,
« D'une bibliothèque et de tableaux de prix.
« Nous ne compterons pas de l'oncle l'héritage
« Car il pourrait fort bien songer au mariage.
» Il a des cheveux gris ; mais de l'esprit, du goût,
« Des filles de vingt ans n'en font pas si du tout.
« Mais, pour en revenir à notre beau jeune homme,
« Je puis te garantir, ma chère sœur, qu'en somme
« C'est le plus excellent, sensible et doux garçon,
« Tout-à-fait élevé de la bonne façon.
« Orphelin à dix ans, à la main paternelle
« Son oncle suppléa. Son habile tutelle
« L'a conduit sans écueil à sa majorité
« Il a, par son crédit, pu sans difficulté
« Le faire recevoir attaché d'ambassade.
« Dans la diplomatie il avait donc pris grade :
« C'est ainsi que s'achève une éducation.
« On ajoute aux défauts de notre nation
« Ceux qu'il est de bon ton d'imiter chez les autres,
« Comme si nous n'avions par bien assez des nôtres.
« Ceci va m'amener à l'important aveu
« Qu'à Vienne, mon héros fut tenté par le jeu.
« Il se trouvait des grecs parmi ces grands d'Autriche.
« Il tenta de lutter, lui qui se croyait riche
« Mais il perdit un soir le revenu d'un an.
« Et revint dépouillé comme un petit Saint-Jean.
« Oh ! je te vois d'ici faire ton inhumaine
« Et relever les plis de ta bouche hautaine
« Pour refuser tout net. A ma fille, un joueur !
« Un homme qui met l'as à la place du cœur !
« Qui rêve rouge ou noire auprès de son épouse,
« De la dame d'atout qui la rendra jalouse
« Tout en la rendant mère au moins de douze enfants
« Qui seront ruinés avant d'avoir dix ans !
« J'admire en toi ma sœur, cette juste colère
« Mais ce que je dirai la calmera j'espère.
« Le jeune de Valmore après cette leçon
« Ne se laissa plus prendre au perfide hameçon.
« Il renonça dès lors à toucher une carte
« Et d'un si beau serment jamais il ne s'écarte.
« Mais ce n'est pas là tout. Je tremble en avançant

« Dans ma confession. Le terrain est glissant. »

A part.

Que va-t-elle me dire ? *(Elle lit.)* « Il eut une aventure
« Qui fit assez de bruit. Une dame un peu mûre
« Avait imaginé d'en faire son mari,
« Contre un ancien amant ayant fait ce pari.
« Lui, tout naïf, croyant qu'il l'avait compromise
« D'épouser était prêt à faire la sottise ;
« Quand une lettre tombe en ses mains par hasard
« Et lui révèle tout avant qu'il soit trop tard.
« Le mépris n'entre pas dans une si jeune âme
« Il se battit avec l'amant de cette femme,
« Une balle au bras droit vint effleurer sa chair
« Et lui, trop généreux, tira son coup en l'air. »

A part.

Oh ! c'était bien ! *(Elle lit.)* « Tu vois comme je suis sincère
« Ce serait criminel de tromper une mère.
« Allons, encor un mot et tu pourras juger
« Si tu peux lui donner ta fille sans danger.
« On raconte qu'étant un automne à Genève
« Une étrangère y vint qui passa comme un rêve ;
« Mais un rêve qui fit si forte impression
« Qu'il devint malheureux de cette passion.
« Il la suivait partout, attiré par sa grâce
« Tandis qu'elle ignorait qu'il eût baisé la trace
« De ses pas sur le sable argenté du beau lac.
« Un soir qu'il y rêvait, au terrible clic-clac
« D'un fouet de postillon, sa tête se relève
« Et dans une calèche il voit fuir son beau rêve.
« Elle avait avec elle ou sa fille ou sa sœur,
« Une enfant de douze ans aux yeux pleins de douceur,
« Les voyant toutes deux dans l'ombre disparaître,
« Il crut que le bonheur ne pourrait plus renaître
« Pour lui, sans les revoir. Son oncle fut témoin
» De toute cette angoisse et l'emmena bien loin,
« Pour détourner le cours de ses tendres pensées
« Qui par quatre ans bientôt doivent être effacées. »

Elle réfléchit.

Ma sœur traite ces faits avec légèreté
Mais mon cœur maternel en est tout agité.
J'avais rêvé pour Blanche un époux sans reproche,
Un jeune homme encor pur, qui de l'autel s'approche
Comme ces jeunes saints de l'Ancien-Testament,
Isaac ou Tobie. Il m'eût semblé charmant
D'unir presque au sortir de leur adolescence
La candeur de ma fille avec son innocence.
Rêve d'un âge d'or ! la civilisation,
De ses ongles d'acier, déchire l'illusion,
Il n'en est plus ainsi dans le temps où nous sommes
Il faut bien, comme ils sont savoir prendre les hommes.
On veut que maintenant, les jeunes héritiers
De la vie à vingt ans sachent tous les sentiers,
A d'indignes plaisirs prodiguent leur jeunesse ;
C'est le moyen, dit-on, d'acquérir la sagesse.
Quand ils sont à trente ans lassés de leurs hauts faits
On vient nous les offrir pour des maris parfaits.
Puisque ainsi va le monde il faut qu'on s'y résigne,

Et bien se contenter d'avoir le moins indigne.
Quand on voit dans un cœur un côté généreux,
On n'en peut redouter des torts bien dangereux.
Au plus parfait toujours il manque quelque chose
Et puisque c'est ma sœur, à moi qui le propose
Je ne puis refuser de le bien recevoir.
S'il est digne de Blanche, oh ! je saurai le voir.
Mais me séparer d'elle ! ah ! chassons cette idée
L'eau limpide se trouble alors qu'elle est sondée.
Lorsqu'il faut de sa fille assurer le bonheur,
Une mère apprend vite à se briser le cœur.

ANDRÉ.

Madame, une voiture entre dans l'avenue

MADAME D'ARBEL.

Eh bien ! mon cher André, qu'elle soit bien venue

André sort

Ma Blanche est bien jolie, et son charme surtout
C'est qu'elle ne paraît pas s'en douter du tout.
Si des autres toujours elle voit le mérite
Elle ignore le sien ; les regards qu'elle évite
L'admirent d'autant plus en allant la chercher,
Comme la violette elle aime à se cacher ;
Mais comme le parfum de la fleur la décèle,
Par un charme secret elle attire auprès d'elle.
Son mérite se lit pour moi dans tous les yeux,
Les uns admirateurs, les autres envieux.
Une mère a l'instinct de lire dans une âme
Pour sa fille chérie ou l'éloge ou le blâme.
Les suffrages menteurs sont par elle écartés
Ceux des honnêtes gens soigneusement comptés.
Et c'est la récompense à son cœur la plus chère,
Quand elle s'aperçoit que sa fille a su plaire.
Je ne saurais douter qu'elle charme ce soir
Et pour toute la vie assure son pouvoir.
Mais il ne suffit pas que Blanche soit aimée.
J'espère aussi par lui qu'elle sera charmée.
Les voici.... Que ma sœur aurait donc bien mieux fait
De me les amener...... C'eût été trop parfait.

SCÈNE II.

M. DE BELGARDES, M. DE VALMORE,
MADAME D'ARBEL.

M. DE BELGARDES.

Madame, pardonnez à notre hardiesse
Et pour tout expliquer, souffrez que je m'empresse
De prononcer un nom.

MADAME D'ARBEL.

Un nom plein de douceur
Et que je sais déjà. C'est le nom de ma sœur.
J'ai reçu ce matin la lettre qui m'annonce
Que deux de ses amis, au château de la Ronce
Feront halte un instant, allant vers le Midi.

M. DE BELGARDES.

Sans sa permission c'eût été trop hardi.

M. DE VALMORE (A part)

C'est elle ! c'est bien elle ! étrange destinée.
Elle n'est de me voir nullement étonnée.

Qui sait, hélas si même elle m'a jamais vu !

MADAME D'ARBEL En montrant la lettre.

Voilà le passe-port dont vous êtes pourvu,
Vous êtes fatigués d'une si longue route ?

Elle les engage à s'asseoir.

Que dit-on à Paris? l'Assemblée est dissoute ?

M. DE BELGARDES.

Madame, l'Assemblée est en fort bon état.

MADAME D'ARBEL.

Mais attendons la fin et gare au coup d'État.
Etes-vous plus content du nouveau ministère ?

M. DE BELGARDES.

Mais son talent dit-on, c'est de savoir se taire
Du reste ces noms-là, sortent tous des bureaux.
Il fallait essayer dit-on, d'hommes nouveaux,

MADAME D'ARBEL.

Eh ! ne faut-il donc pas que tout grand nom commence !

M. DE BELGARDES.

C'est le commencement de notre décadence.

MADAME D'ARBEL.

Ne parlez pas ainsi. C'est mal de faire peur,
De prédire toujours partout mort et malheur.

M. DE BELGARDES.

Je ne suis que l'écho de notre capitale ;
Contre l'état présent la plainte est générale

MADAME D'ARBEL.

Est-ce un remède sain, quand on cherche à guérir,
De dire au patient qu'il est près de mourir.
Le regret du passé n'est pas fait pour votre âge.
Laissez donc aux vieillards ce piteux bavardage,
Aux hommes tout surpris de vivre en liberté
Et regrettant le joug qu'ils ont longtemps porté.
Ceux-ci, le joug doré du roi de la richesse,
Ceux-là, le joug aimé du roi de la noblesse.
Dans ces deux camps rivaux si fragile est la foi
Que chacun est tout près d'abandonner son roi
Si pour un empereur le trône se relève.

M. DE BELGARDES

En espérant tout bas que ce n'est qu'une trève.

MADAME D'ARBEL.

Entre de tels partis, le plus sage vraiment
C'est d'être indifférent à tout gouvernement.
Peu m'importe, pourvu que la voiture roule
Sans trop me secouer et sans heurter la foule
La couleur des chevaux et le nom du cocher.

M. DE BELGARDES.

Il faut bien un drapeau pourtant à s'attacher.

MADAME D'ARBEL.

A compter les couleurs dont chacun se décore
Il nous en faudrait un qui fût omnicolore.

M. DE BELGARDES.

Les couleurs confondues aboutissent au noir.

MADAME D'ARBEL.

Celui-là, que le ciel préserve de le voir !
Mais l'esprit de parti dément votre science
Car ce n'est pas le noir, vous le savez je pense

Par toutes les couleurs qui se trouvent produit.
C'est le blanc, il n'est pas de couleurs dans la nuit.
M. DE BELGARDES.
S'il en était ainsi je serais fusionniste.
MADAME D'ARBEL
Et monsieur de Valmore? il est légitimiste?
M. DE VALMORE.
Madame, on n'a souci quand on est près de vous
Que d'être un serviteur très-humble à vos genoux.
MADAME D'ARBEL.
On voit que vous étiez attaché d'ambassade
Vous savez...
M. DE VALMORE (Interrompant)
Dire vrai sous un compliment fade.
M. DE BELGARDES (à madame d'Arbel.)
Ne vous verra-t-on pas cet hiver à Paris ?
Vous paraissez vraiment le tenir en mépris.
Madame votre sœur ne vous ressemble guère
Aux amateurs des champs elle fait rude guerre,
Et proscrit sans pitié l'Idylle et le fuseau.
MADAME D'ARBEL.
C'est madame de Staël préférant le ruisseau
Qui coule dans sa rue aux plus belles cascades.
Moi, je trouve nos bois en hiver moins maussades
Que tous vos boulevards, vos rues et vos trottoirs.
Et même vos salons où l'on danse les soirs
Lorsque l'on n'y dort pas au discours monotone
De la table de jeu. Le roi — l'atout — je donne..... —
A qui sont les honneurs?..... Que souvent vient l'ennui
Coudoyer le plaisir ! Ah ! que faire aujourd'hui ?
Est un mot que l'on dit quand on n'a plus à faire.
Dans l'embarras du choix rien ne peut satisfaire.
Quel sermon ce matin ? Quel spectacle ce soir ?
Le père Ravignan et le Domino noir ?
Ou bien Rachel après le père Lacordaire.
Quel bal ? à l'ambassade ou bien au ministère ?
A deux heures tantôt un concert chez Pleyel....
Un au jardin d'hiver, l'embarras est cruel.
Ici chaque matin réveille la vallée
Dont l'herbe reverdit jusque sous la gelée.
Un nuage qui passe, un rayon de soleil
De nos décorations composent l'appareil.
C'est tojuours la montagne, en bas la plaine unie
Mais quelle variété dans la monotonie !
La neige des sentiers où s'impriment nos pas,
Les arbres sur nos fronts secouant les frimats
La glace du ruisseau, les diamants du givre
L'éclat du grand foyer ! Convenez qu'on peut vivre
Bien loin de l'Opéra, du gaz éblouissant,
Du bruit des omnibus sur le pavé glissant.
M. DE BELGARDES.
Eh quoi! vous ignorez que maintenant, madame,
Au lieu de lourds pavés, on a le macadam.
C'est du système anglais un essai tout nouveau
Leur égalité c'est.... un terrain de niveau.
MADAME D'ARBEL.
Et pour les imiter c'est celle qu'on pratique

Dans notre beau pays depuis la république.
M. DE BELGARDES.
C'est la seule à peu près, il faut en convenir;
Mais pour en bien juger il faut y revenir.
MADAME D'ARBEL.
Quitter mes frais gazons pour ce brûlant bitume.....
Puis je ne conçois pas comment on s'accoutume
Au mélange odieux du luxe et des haillons.
M. DE BE GARDES.
Contraste désolant que partout nous voyons.
MADAME D'ARBEL.
L'argent, la soie et l'or aux pompeux étalages,
Tout à côté la faim qui creuse les visages.
Le vice impertinent près du pauvre honteux.
Et du bien et du mal tous les esprits douteux.
Sans compter qu'au réveil on ne saurait entendre
Un coup sur le tambour sans qu'on tremble d'apprendre
Que Paris est encor en révolution.
M. DE VALMORE.
Vous nous calomniez, madame, et je m'étonne
Que l'on puisse à la fois être injuste et si bonne.
Du rêve égalitaire on est bien revenu,
Il n'est plus de bourreaux, de peuple demi-nu.
Des intérêts communs ont confondu les classes
Et l'on n'assiége plus maintenant que les places.
Le peuple chaque jour s'éclaire, et l'ouvrier
Sait qu'il peut de son temps mieux faire que crier.
MADAME D'ARBEL.
Je sais, des travailleurs, que le sort s'améliore ;
Mais c'est bien lentement. Que de choses encore
Les riches pourraient faire et pourtant ne font pas.
D'un effort généreux tout de suite on est las.
Les hommes du passé, pleins de leur importance
Arrêtant le progrès croient sauver la France
Et tous les parvenus de biens rassasiés
Dès qu'on a fait un pas vous disent : C'est assez.
M. DE BELGARDES.
Savez-vous qu'à Paris vous seriez sur la liste
Des suspects. Vous parlez comme un socialiste.
M. DE VALMORE.
Madame suit l'élan de son cœur généreux,
Assez d'autres ont pris le parti des heureux.
MADAME D'ARBEL.
Laissons la politique. Elle est pleine d'orages.
Vous voyez, entre nous déja quelques nuages
Par elle soulevés, ont mis le désaccord.
M. DE BELGARDES.
Et nous espérions au contraire..... un accord.
MADAME D'ARBEL.
Le mot est fort joli.
M. DE VALMORE à part.
Dieu ! que pourrai-je faire
Et comment avouer.....
M. DE BELGARDES.
Vous êtes bonne mère
Madame et l'on ne sait lequel plus admirer
Du cœur ou de l'esprit qui vous fit consacrer

Tant de belles années à la douce culture
D'une plante chérie. Est-il en la nature
Rien qui soit plus charmant que voir s'épanouir
A côté d'une fleur qui pourrait éblouir
Le tendre et frais bouton qu'elle retient à l'ombre
Se cachant avec lui dans le fond d'un val sombre,
De peur que le soleil fasse trop tôt mûrir
Ce qu'une autre saison doit seule recueillir.

MADAME D'ARBEL.

Mais c'est un madrigal.

M. DE BELGARDES.

     Près de vous on s'inspire.
Ici règne un doux vent qui réveille la lyre.
Je sais bien qu'à présent on traite de fadeur
Ces emblêmes fleuris, ces énigmes du cœur
Que se permet encor ma vieille courtoisie.

MADAME D'ARBEL.

Nos champs et nos vallons ont tant de poésie
Que nous en mettons peu dans nos discours.

M. DE BELGARDES.

       Eh bien !
Tout prosaïquement, j'espère qu'un lien...

M. DE VALMORE à part.

J'étouffe, je ne sais plus comment me contraindre.

MADAME D'ARBEL à M. de Belgardes.

Oui, nous en parlerons, je ne saurais pas feindre
D'ignorer vos projets qui me font grand honneur.
Puissent-ils de ma fille assurer le bonheur !
J'ai pris je le crois bien, le parti le plus sage.
Depuis que Blanche atteint l'âge du mariage
De ne pas écouter ces donneurs de conseils
Qui veulent en tous points, que tous, leur soient pareils.
Des voisins me disaient qu'à seize ans une fille
Devait enfin paraître aux soirées où l'on brille.

M. DE BELGARDES.

En perdant la fraîcheur qui charme le matin.

MADAME D'ARBEL.

Et la rose plaît mieux que le plus blanc satin.
Mais on me repondait que c'est une coutume ;
Qu'on adopte cela comme on prend le costume
Du pays où l'on est. Blanche me disait-on
Ne connaîtra jamais les usages, le ton
Elle ne voit, n'entend que des gens de village,
De mauvaises façons, un plus mauvais langage ;
Et je me demandais si le savant jargon
De petites poupées assises au salon
Vaut le parler naïf des gens de nos campagnes,
Les récits des bergers, les chants de nos montagnes.
Blanche qui sait d'ailleurs l'anglais, l'italien,
Saura, n'en doutez pas, parler parisien.
Je n'en ai pas perdu tout à fait l'habitude
Et je me flatte encor que sans beaucoup d'étude
En l'entendant parler, on ne pourrait savoir
Qu'elle apprit le français au fond d'un vieux manoir.
La voici qui revient d'une course au village
Car c'était aujourd'hui qu'on donne à la plus sage
Des filles de six ans, une croix que toujours

Elle porte attachée au ruban de velours
Noué chaque jeudi par ma Blanche elle-même.
Je suis fière au hameau, de voir combien on l'aime.
De soins d'intérieur je vais l'entretenir
Et pour prendre le thé nous allons revenir.

(Elle sort.)

SCÈNE III.

M. DE VALMORE.

Oh ! c'est elle, c'est elle !

M. DE BELGARDES.

     Eh ! mais, que veux tu dire ?

M. DE VALMORE.

Elle qui m'a causé ce douloureux martyre,
Ce chagrin dans l'oubli que je croyais noyé
Et qu'aussitôt en moi sa vue a réveillé.

M. DE BELGARDES.

Y penses-tu ? Depuis ton séjour à Genève
Où tu l'entrevoyais à peine sur la grève
De ce maudit Léman, dont le bord est fatal....
Tu pourrais de ses traits te souvenir bien mal.
Ça... ne va troubler pour une ressemblance
Ces projets d'union dont la seule espérance
M'a fait quitter pour toi ma maison, mes amis...
Gâter tout le succès que je m'étais promis
En te donnant pour femme une fille bien née
Riche, belle, dit-on, et de grâces ornée.

M. DE VALMORE.

Par la grâce elle-même ! et l'on s'étonnerait
Qu'elle en eût à son tour.

M. DE BELGARDES.

     Sa fille est son portrait.

M. DE VALMORE.

Je ne veux pas la voir. Il faut avant une heure
Que je sois déjà loin, bien loin de sa demeure.

M. DE BELGARDES.

Es-tu fou ?

M. DE VALMORE.

    Croyez-vous donc ici qu'à loisir
Je vais les comparer et froidement choisir ?
Pesant leurs qualités comme une marchandise
Pour décider laquelle est de meilleure prise.

M. DE BELGARDES.

Oh ! tu vas bien plus loin que je n'avais pensé
Mais ce serait pourtant là le parti sensé
Car après tout, pourvu qu'enfin tu te maries....

M. DE VALMORE.

Mon oncle ;

M. DE BELGARDES.

   Je me tais puisque tu te récries
Avant même d'entendre ; au moins accorde-moi
De la voir.

M. DE VALMORE.

Non, je pars.

M. DE BELGARDES.

   On vient.

M. DE VALMORE.
Jamais !
M. DE BELGARDES.
Tais-toi.

MADAME D'ARBEL Entre avec Blanche.
(à Blanche.)
C'est ma fille, Messieurs ; les amis de ta tante
(Blanche salue avec grâce et modestie.)
MADAME D'ARBEL.
Eh bien ! si vous voulez venir sous cette tente

Nous y prendrons le thé. Je crois que le soleil
Va se coucher ce soir de façon qu'au réveil
Nous aurons un beau jour. Et demain dès l'aurore,
Car notre beau pays demande qu'on l'explore
Les chevaux seront prêts.

M. DE BELGARDES.
En attendant de voir
Ce beau jour, nous avons madame un bien beau soir.

(Ils sortent.)

ACTE DEUXIÈME.

SCÈNE PREMIÈRE.
BLANCHE.
(Elle paraît avec un bouquet de fleurs des champs à la main.)

Qu'ai-je donc aujourd'hui ? pourquoi suis-je tremblante ?
Quand mon cœur bat plus fort ma démarche est plus lente.
Je voudrais m'envoler, rire, chanter, courir
Et me sens défaillir comme près de mourir.
Ma mère me l'a dit. C'est pour un mariage
Qu'ils sont venus ici. L'un des deux est d'un âge
Qui pour mes dix-sept ans me paraît un peu mûr
Et c'est de son neveu qu'il s'agit à coup sûr.
J'ai cru voir ce matin qu'il cherchait à me plaire.
Et moi pour le charmer que pourrais-je donc faire ?
Je n'ose lui parler ni relever les yeux
De crainte que les siens y lisent mes aveux.
Ce qui me charme en lui, je ne saurais le dire
Pourtant j'ai retenu son regard, son sourire.
Oh ! oui c'est bien ainsi qu'en rêve je voyais
Mon père qui n'est plus, ou l'époux que j'aurais.
Tous ceux qui ne sont pas semblables à lui-même
Je ne saurais vraiment comprendre qu'on les aime.
Je n'aimerai que lui. S'il fallait qu'un malheur
Vint affacer pour moi ce rêve de bonheur
Je prendrais en dégoût l'état du mariage
J'entrerais au couvent sitôt que j'aurais l'âge.
Ingrate ! j'oubliais ma mère qui mourrait
Quand son unique enfant un jour la quitterait
Pour un deuil éternel. Ah ! quel poison se mêle
A nos plus doux instants. Le bonheur se révèle
Aussi par l'aiguillon qui succède au transport,
Quand on voit le rivage et qu'on n'est pas au port.

(Elle va vers la fenêtre.)

Quel beau temps ce matin ! et comme des montagnes
Tombent les ombres bleues autour de nos campagnes.
Tandis qu'on voit en haut leurs sommets resplendir,
D'où vient qu'autour de moi tout semble s'agrandir ?
Jamais ne m'ont paru si beaux nos paysages.
Il a cueilli pour moi toutes ces fleurs sauvages
En me disant : Je n'ai que les fleurs du chemin
A vous offrir. Et moi je les pris de sa main.
Pendant quelques instants nous les tînmes ensemble
Sa main tremblait. Moi-même en y pensant je tremble.
O mon charmant bouquet ! C'est lui qui t'a donné.

Je t'aime en ta fraîcheur, je t'aimerai fané.
Comme il suivait mes pas avec inquiétude
Lorsque je gravissais nos côtes un peu rudes !
Une fois il a cru que mon cheval glissait
Et moi j'ai cru soudain le voir qui pâlissait.
Oh ! qu'en ce moment là, je me sentis heureuse
J'oubliais que souvent d'un rien je suis peureuse
Et je n'eusse pas fait le plus petit effort,
Ivre de mon bonheur, pour éviter la mort.
Pourtant hier au soir il m'avait paru sombre.
Je voyais le reflet de ses yeux noirs dans l'ombre.
Il semblait accablé par quelque souvenir
Et je sentais aux yeux les larmes me venir.
Oh ! le voici, mon Dieu, je n'ose reparaître
Ce bouquet.... Que lui dire ?..... Il va passer peut-être
Sans s'arrêter. D'ici je pourrai bien le voir.
Il sourit, il paraît plus gai qu'hier au soir.

(Elle se cache dans un petit salon attenant au grand)

SCÈNE II.
M. DE VALMORE.
(Il entre en rêvant.)

Que de grâces, d'attraits, sans être vraiment belle
Qu'elle a de modestie, et qu'elle est naturelle !
Simple en ses mouvements, timide en ses regards
Qui pourtant dans mon cœur entrent comme des dards.
Mon oncle avait raison. Comme elle lui ressemble !
N'est-il donc pas permis que mon cœur les rassemble
Pour les chérir. Oh! non vaine subtilité
Je connais trop l'amour et son coup est porté.
Oh ! comment définir le trouble qui m'égare
Il me semble d'hier qu'un siècle me sépare.
Suis-je donc sans raison ou sans cœur qu'en un jour,
Comme on change d'habits, j'ai pu changer d'amour.
Moi, qui depuis quatre ans nourrissais dans mon âme
Quoique sans nul espoir cette secrète flamme.

(Blanche qui s'est rapprochée entend ces dernières paroles, elle
s'avance jusqu'au rideau de la porte.)

SCÈNE III.
M. DE BELGARDES entrant.

Eh bien ! es-tu toujours par la mère, charmé ?
Ton cœur s'oppose-t-il à ce projet formé
De t'unir à sa fille, et poursuis-tu ce rêve,
Ce rêve de quatre ans commencé à Genève

Où tu suivais de loin, l'œil ardent et rêveur,
Celle qui se retrouve ici pour ton malheur.
Songes-y, car il faut enfin une famille ;
Il faut te décider pour la mère ou la fille.
Elle me plaît beaucoup, cette dame d'Arbel
Et je la conduirais volontiers à l'autel.
Mais je ne puis l'aimer tant que ton cœur l'adore.
Comment préfères-tu le déclin à l'aurore ?

M. DE VALMORE.

Oh ! ne me raillez pas, je suis trop malheureux.
Venez d'un faible cœur entendre les aveux.

Il entraîne son oncle.

SCÈNE IV.

BLANCHE pâle et suffoquée.

C'est ma mère qu'il aime ! Oh ! deviendrais-je folle ?
Ai-je bien entendu cette horrible parole.
L'accent de raillerie. Oh ! oui, rien ne manquait,
Pour déchirer mon âme, à leur douloureux trait.
Oui je le reconnais, oui c'est bien le visage
D'un homme qui toujours nous suivait sur la plage
Je n'étais qu'une enfant, mais j'en ai souvenir.
O Dieu ! pour mon malheur vous l'avez fait venir.
O ma mère si douce ! ô ma mère, si belle,
A moi seule aujourd'hui ta douceur est cruelle
Et ta beauté funeste. O que n'ai-je perdu
La vie au premier cri de ma bouche entendu,
Ce cri que m'as dit si doux à ton oreille
Que les tiens appelaient, dit-on, depuis la veille.
Que ne suis-je expirée à ce premier effort,
Tes yeux eussent pleuré huit jours ton enfant mort,
Puis cessant d'aroser mes inutiles langes
M'eussent cherchée enfin au ciel parmi les anges.
Mais hélas ! maintenant je ne peux plus mourir
La vie a pris racine, il faut vivre et souffrir !
Ma mère ! était-ce là, quand tu m'as mis au monde,
Ce que tu prévoyais, pressant ma tête blonde
Tendrement sur ton cœur et versant un ruisseau
De larmes de tendresse en ouvrant mon berceau,
Pour m'y poser après qu'à ton sein endormie
Pour la première fois j'avais sucé la vie.
Oh ! tu m'as tant aimée ! Et moi qui t'adorais,
Enfant, quand loin de toi dans mes jeux je courais
Vive comme l'oiseau qui de son nid s'envole
Et que me retournant dans cette course folle
Je trouvais tes regards attachés à mes pas,
Et que tu te baissais en m'ouvrant tes deux bras,
Comme je revenais d'une double vitesse
Me jeter sur ton cœur, fière en ma petitesse,
De trouver à mon front ta tête de niveau.
Ce jeu tant répété m'était toujours nouveau.
Quelquefois, tout-à-coup, tu te relevais grande
Et tu m'éblouissais comme la fée Urgande.
Tu m'enlevais d'un bond, et je fermais les yeux
Croyant fendre les airs dans un char glorieux ;
Et quand la nuit venait, ton image chérie
Se changeait dans mon rêve en la Vierge Marie

Qui se penchait sur moi, tenant un chapelet
Et venant doucement s'asseoir à mon chevet,
Puis remontait au ciel s'enveloppant de voiles,
Répandant des parfums et semant des étoiles.
Que de fois de ce rêve éveillée en riant
Auprès de mon berceau je te voyais priant.
Lorsque j'avais mal fait tu ne sais pas ma mère
Tout ce que je souffrais quand ton geste sévère
M'éloignait de ton cœur. Ah ! quel dur châtiment
J'eusse alors accepté contre un pareil tourment.
Depuis que je raisonne et depuis que je pense
Toi seule sus me rendre aimable la science,
Vaincre tous les dégoûts, les ennuis du début
En me donnant toujours de te plaire pour but.
Et quand je m'essayais aux arts que tu cultives
Tes yeux encourageaient mes faibles tentatives;
Tour à tour inquiets ou satisfaits de moi
Tes beaux yeux, ô ma mère, étaient toute ma loi.
Tu me disais alors dans ta vive tendresse
Que tu verrais s'enfuir sans regret ta jeunesse
Ne te souciant plus à personne de plaire
Et mes succès tout seuls pouvant te satisfaire.
Hélas ! et maintenant que je sens tout le prix
De tes dons, en un jour, tu me les as repris !
Que suis-je ? Pauvre fleur sans parfum ni feuillage,
Tu m'ôtes à la fois le soleil et l'ombrage
Car je n'ai plus ton cœur ou m'aller abriter
Et je n'apprends l'amour que pour le détester.

On voit paraître madame d'Arbel.

Ah ! la voici qui vient, c'est un nouveau martyre
En mon âme aujourd'hui de l'empêcher de lire
Elle pour qui toujours mes yeux comme un miroir
Reflétaient mes pensées, elle ne pourra voir
Que c'est elle qui cause une horrible souffrance
A celle dont la joie était son espérance.
Sa peine ne ferait qu'augmenter ma douleur
Elle est aimée, il faut lui laisser son bonheur.

SCÈNE V.

MADAME D'ARBEL.

Ma Blanche, viens ici dis moi ce que tu penses
De nos hôtes. Je sais qu'on a des préférences
Quelque fois sans raison. A ton âge surtout
Voyons si l'examen confirmera ton goût.
Lequel de ces messieurs t'a paru plus aimable ?

BLANCHE.

Mère ! pardonne-moi, je ne suis pas capable
De juger leur mérite. Ils m'ont paru tous deux
Comme tu m'avais dit que doivent être ceux
Dont l'éducation répond à la naissance ;
Mais il faut plus de temps pour faire connaissance
Je les ai vus hier pour la première fois,
C'est par tes yeux, d'ailleurs tu le sais, que je vois.

(à part.)

O mon Dieu ! qu'il m'en coûte avec elle de feindre
Et qu'un chagrin est lourd à porter sans se plaindre.

MADAME D'ARBEL.

Je te crois, chère enfant, ma Blanche ne sait pas

Dire autrement tout haut qu'elle pense tout bas
Je vais donc sur l'un deux te dire ma pensée,
C'est toi qui finira ma phrase commencée.
Je n'ai presque jamais à mon opinion
Trouvé dans ton regard la dénégation,
Et je crois chère enfant me rencontrer encore
Avec toi si je dis que monsieur de Valmore
M'a paru de tout point un jeune homme parfait,
Ne cherchant nullement à faire de l'effet.
Il a du savoir-vivre, de la modestie.
Chaque parole plaît de sa bouche sortie.
Avec un embarras qui lui sied vraiment mieux
Que ne sied leur aplomb et leur air prétentieux
A tous ces jeunes fats que tu ne connais guère
Dieu merci ! chère enfant, grâce à la vie austère
Que nous menons ici. Mais il faut quelque jour
Que tu saches le monde, et j'espère à ton tour
Que tu préféreras le mérite modeste,
Cette simplicité de parole, de geste,
Ce naturel enfin de l'homme droit et bon
A tout le faux brillant des gens de mauvais ton.
Tu ne me réponds pas...... Comme tu me regardes.

BLANCHE.

Vous ne me dites rien de monsieur de Belgardes.

MADAME D'ARBEL.

Il est fort bien aussi. Mais s'il faut l'avouer
C'est son neveu qu'ici je préfère louer.

BLANCHE.

Comment vous n'aimez pas cet aimable visage,
Comme il est spirituel et gai malgré son âge.

MADAME D'ARBEL.

Son grand âge en effet ! il n'a pas quarante ans
Les hommes d'âge mûr sont vieux pour les enfants.

BLANCHE.

Vous préférez beaucoup ce monsieur de Valmore ?

MADAME D'ARBEL.

Ecoute et viens ici ma Blanche que j'adore.
Ce n'est pas de mon goût qu'il s'agit aujourd'hui.
Dis-moi ce qu'en secret ton cœur pense de lui.

BLANCHE.

Oh ! ne m'en parlez pas ; je le hais.

MADAME D'ARBEL.

Qu'entends-je ?

Quels mots sont prononcés par ta douce voix d'ange !
(à part.)
Oh ! quel renversement de tous mes beaux projets !
Dieu nous brise en sa main comme de vains jouets.
(à Blanche.)
Que s'est-il donc passé ?

BLANCHE.

Rien, ma mère ; pardonne

Le sot emportement auquel je m'abandonne.
Il m'a déplu , je crois, enfin je ne sais pas ;
Mais sa présence ici me cause un embarras,
Un ennui qui vraiment à la haine ressemble.
Il me tarde tous deux qu'ils s'en aillent ensemble.

MADAME D'ARBEL.

Lui qui venait ici, tu sais, pour t'épouser ;
Mais puisqu'il te déplaît, je m'en vais tout briser.
Mon désir après tout, c'est de te voir heureuse.
Cette union pourtant semblait avantageuse.
Allons n'y pensons plus. Je vais leur dire tout.

BLANCHE.

Vous êtes bien pressée.

MADAME D'ARBEL.

Est-il donc de bon goût

De faire à ce jeune homme attendre la réponse,
Le retenir ici quand à lui je renonce
Pour gendre.

BLANCHE bas avec amertume.

Oh ! oui pour gendre et non pas pour mari.

MADAME D'ARBEL.

Que murmures-tu donc et quel amphigouri,
Quelle contradiction dans toutes tes paroles.
Ne traite pas ceci de matières frivoles
Je ne t'ai j'amais vu ces airs capricieux
D'où vient que je ne peux plus lire dans tes yeux ?
Blanche ! tu souffres donc, tu deviens toute pâle !
Réponds.... Ne suis-je pas ta mère

BLANCHE à part et se détournant.

Et ma rivale !

MADAME D'ARBEL.

Je ne m'attendais pas à sentir la douleur
De voir se détourner ma fille de mon cœur.

BLANCHE se précipite à ses genoux, elle la relève et l'embrasse.

BLANCHE.

Mère ! ne parlons pas sitôt de mariage.
J'ai trop peu de raison, de science, d'usage
Pour tenir ma maison comme on dit qu'à Paris
Pour s'en bien acquitter il faut l'avoir appris.
Répondre sans parler quand on vous questionne,
Avoir les yeux partout, ne négliger personne,
Faire qu'auprès de vous tous le monde en causant
Se trouve de l'esprit et s'en aille en disant
Que vous êtes charmante et pleine d'éloquence
Parceque vous savez écouter en silence,
Répondant par un mot, un sourire, un regard
Et dirigeant toujours le discours avec art,
Sur ce que vous savez que votre hôte préfère.
Que d'études, de soins pour parvenir à plaire !
Et contenter son cœur moins que sa vanité.
Laisse-moi quelque temps encor ma liberté.

MADAME D'ARBEL à part.

Que peut-il se passer dans cette jeune tête ?
A quel parti faut-il enfin que je m'arrête ?
Lui dire de partir.
(Elle réfléchit.)

BLANCHE à part.

L'aimerait-elle aussi ?

Ah ! qu'il reste. C'est moi qui partirai d'ici.

MADAME D'ARBEL vivement.

Attends-moi, je reviens.

(Elle sort.)

SCÈNE VI.

BLANCHE seule.

Oh Dieu ! que deviendrai-je ?
L'horrible tentation de maudire m'assiége.
Qnatre ans ! Voilà quatre ans qu'il la cherchait partout.
Son oncle l'a bien dit.... Que n'ai-je entendu tout !

SCÈNE VII.

M. DE VALMORE entre saluant.

Madame votre mère auprès de vous m'envoie
Et l'on peut deviner si j'y viens avec joie.
C'était combler mes vœux. Quel heureux messager
Celui que d'un tel ordre elle veut bien charger,
Certain d'un bon accueil quand on vient d'auprès d'elle.

BLANCHE.

Monsieur, que veut ma mère ?

M. DE VALMORE.

Elle est, mademoiselle
Occupée un instant... une affaire de bail
Un fermier qui se plaint des bas prix du bétail.

BLANCHE.

Oh ! ma mère est si bonné, elle fera remise
D'une partie au moins de la somme promise.
C'est l'ange du pays.

M. DE VALMORE.

Le pays en a deux.

BLANCHE.

Un, c'est assez ; monsieur, vous êtes généreux.

M. DE VALMORE.

Je suis juste : il faut bien souffrir qu'on vous admire.
(Se rapprochant de Blanche.)
On en pense bien plus qu'on n'ose vous en dire.

BLANCHE.

Monsieur !

M. DE VALMORE.

Si vous pouviez savoir l'impression
Que m'a fait ce pays, quittant le tourbillon
De Paris où chacun ne songe qu'aux affaires ;
Politique, commerce, ambition, salaires,
Tout s'agite, se heurte, et l'on n'a d'autre loi
Que son propre intérêt. Tout se rapporte à soi.
J'ai longtemps séjourné dans d'autres capitales ;
Partout les mêmes maux et les mêmes scandales.
Ici c'est l'oasis qui rafraîchit le cœur ;
Vous avez je le crois le secret du bonheur.

(Blanche l'écoute attentivement ; il se rapproche d'elle.)

J'ai parmi des tableaux dans une galerie,
Une magicienne aux yeux pleins de furie ,
Evoquant les plaisirs au nom des passions
E versant le nectar de leurs illusions.
Puis en face, au grand jour d'une haute fenêtre
J'ai placé par contraste, œuvre aussi d'un grand maître
Une vierge, à l'autel recevant à genoux
L'anneau d'or qu'à son doigt met son heureux époux.
On voit que ce n'est pas la gloire, la richesse,
Que recherche son cœur, mais la seule tendresse
De celle qu'il adore.

BLANCHE.

Oh ! ce doit être beau !

M. DE VALMORE.

Je me souviens sans cesse, ici de ce tableau:
Si vous pouviez le voir !

BLANCHE à part.

Oh ! Dieu, quelle souffrance !
C'est tandis qu'il me parle à ma mère qu'il pense.
Monsieur vous oubliez.... N'étiez-vous pas chargé
Par ma mère.....

M. DE VALMORE avec embarras.

Ah ! c'est vrai. Je m'étais engagé
A la douce mission de vous prier d'attendre
Ici quelques instants, qu'elle vienne nous prendre
Pour aller visiter les ruines d'un couvent.

BLANCHE.

Oh ! oui, je les connais. J'y vais rêver souvent.
(à part.)
Et j'en connais un autre où la douleur s'abrite
Tout près de la ruine, et sa cloche m'invite.
(On entend tinter au loin la cloche d'un couvent.)

M. DE VALMORE.

Vous y viendrez j'espère.

BLANCHE.

Oh ! non, je ne crois pas.
Je me sens fatiguée.

M. DE VALMORE.

Alors je suis trop las
Pour y aller aussi.

BLANCHE.

La fatigue s'oublie
Quand le guide nous plaît. La route est fort jolie
C'est ma mère, monsieur, qui guidera vos pas.

ANDRÉ.

On demande Monsieur de Valmore.

BLANCHE.

Ah !

M. DE VALMORE.

Hélas !

(Il sort.)

SCÈNE VIII.

MADAME D'ARBEL.

Eh bien ! ma chère enfant je me suis fait attendre
Tu sais, ces bonnes gens sont longs à faire entendre
Ce qu'ils veulent nous dire. As-tu bien réfléchi ?
Dis-moi, ce grand courroux a-t-il un peu fléchi ?
Ce n'était n'est-ce pas, rien qu'une bagatelle ?
De jeunes amoureux une douce querelle.
Car tu l'aimes, ma Blanche, il a su te charmer.
Je l'ai lu ce matin dans tes yeux.

BLANCHE.

Moi, l'aimer !

MADAME D'ARBEL.

Vous paraissiez tous deux de bonne intelligence
La contrainte avait fait place à la confiance
Et je comptais ce soir en pompeux apparat
Devant tous nos voisins signer votre contrat.

BLANCHE.
(à part.)

Ah ! ma mère. Ma mère ! il la trompe, elle ignore
Qu'au lieu de moi c'est elle qu'en secret il adore.
Ah ! maintenant mon cœur peut sans crainte haïr;
Haïr ce mot cruel peut-il jamais s'unir
A son nom. J'en rougis, mais à ma crainte extrême
De le voir malheureux, je sens combien je l'aime.
Et que me servirait qu'il s'éloigne d'ici ?
Il a gardé quatre ans son amoureux souci.
Sans doute son bonheur dépend d'un mariage
Avec celle qu'il aime. Allons, prenons courage
Il me reste un moyen d'ennoblir ma douleur
C'est de contribuer à faire leur bonheur.

MADAME D'ARBEL.

Eh bien ! à ce parti faut-il que je renonce ?
Son oncle va venir demander ma réponse.

BLANCHE.

Tenez, chère maman, je ne suis bonne à rien
Qu'à vous aider un peu quand vous faites le bien.
Vous avez de mon sort trop de sollicitude.
Mon esprit est je crois fait pour la solitude.
Je ne désire rien que mes oiseaux, mes fleurs,
Distribuer vos dons et tarir quelques pleurs.

MADAME D'ARBEL.

Chère enfant !

BLANCHE.

          Mais ô vous, ma mère bien aimée
Qui pour moi si longtemps vous êtes renfermée
En ce château, si loin de vos nombreux amis,
Et de ma tante à qui vous aviez tant promis
Que c'était de l'exil votre dernière année,
Ne lui tiendrez-vous pas la parole donnée ?
Mère ! tu ne sais pas. Il faut te marier.

MADAME DARBEL.

Tu badines.

BLANCHE.

Du tout; car je viens t'en prier.

MADAME D'ARBEL.

Et quel est ce mari que ma fille m'octroie ?

BLANCHE.

C'est quelqu'un dont je sais que tu ferais la joie.

MADAME D'ARBEL.

Bah !

BLANCHE.

Monsieur de Valmore.

MADAME D'ARBEL.

          As-tu perdu l'esprit ?

BLANCHE.

C'est un homme parfait. Ce matin tu l'as dit.

MADAME D'ARBEL.

Mais il a vingt-sept ans et j'en ai plus de trente.

BLANCHE.

Moi j'épouserais bien un homme de quarante.
Qu'importe l'âge à ceux dont les âmes sont sœurs ?

MADAME D'ARBEL.

Il faut qu'il ait commis envers toi des noirceurs
Mais moi, que t'ai-je fait? dis-le, petite ingrate ;
Avais-je mérité ce méchant coup de patte ?
Je t'apprendrai d'ailleurs, qu'un autre, ce matin
M'a fait sérieusement une offre de sa main.

BLANCHE.

Oh ! quel bonheur. Dis-moi, qui donc s'est proposé ?

MADAME D'ARBEL.

Je ne te dirai rien car je l'ai refusé.

BLANCHE.

Refusé ! quel malheur ! eh bien ! je le devine
C'est son oncle.

MADAME D'ARBEL.

          Il est vrai. Tu penses quelle mine
Il va me faire encor, s'il faut qu'à son neveu
Je donne aussi congé. C'est un pénible aveu
Que de dire à des gens si pleins de courtoisie
Qu'ils s'aillent promener et qu'on ne s'en soucie
Mais les voici....Va-t-en.. Je me charge du soin
De leur dire à tous deux que du but ils sont loin.

ACTE TROISIÈME.

SCÈNE PREMIÈRE.

*Blanche paraît en habit d'amazone, tenant à la main
un bouquet de fleurs des champs.*

Il faut partir ! Allons, mon pauvre cœur se brise.
Ma résolution est cependant bien prise.
J'assure leur bonheur. C'est un cruel moyen
De me sacrifier pour former leur hymen.
On meurt vite, là bas ; — qu'importe, moi, chétive,
Des années, ou des mois, ou des jours que je vive.
Le temps n'est qu'un vain mot, quand pour tout avenir
Les heures et les ans n'ont plus qu'un souvenir.
La jeunesse pour moi, n'eut qu'une matinée
Et mes jours vont languir comme la fleur fanée
Qu'une main négligente oublie au jour levant
D'arracher de sa tige et de jeter au vent.
Bientôt tout sera dit. Saurai-je d'un cœur fermé
Entendre après mes pas la grille qui se ferme?
Oui, j'aimais regarder les gothiques arceaux
De la vieille abbaye où pendent en berceaux
Les pampres, les lichens, les vignes et les lierres.
J'aimais les nids d'oiseaux entre les hautes pierres ;
Mais de ce couvent neuf l'aspect sévère et froid
Mettait mon âme en peine et mon cœur à l'étroit.
Tous deux sont maintenant l'emblème de ma vie
Mon bonheur en ruine et toute paix ravie,
Puis s'ouvrant à côté le sourd et froid tombeau
Où va s'ensevelir tout mon passé si beau.
Mais qu'importe ! les yeux qu'un voile noir recouvre,

A la terre, fermés, verront le ciel qui s'ouvre.
Et tandis qu'à l'autel.... ils s'uniront tous deux,
Moi, leur ange gardien, j'irai prier pour eux !
(Elle regarde un portrait de sa mère suspendu dans l'appartement)
O toi ! de ma douleur, chère cause innocente
Se peut-il à te fuir que mon âme consente ?
Ma mère ! après les biens dont ton cœur m'a fait don
Ta fille au désespoir n'a pour toi.... qu'abandon.
Me pardonnes-tu ? mais suis-je donc coupable ?
Ma conscience s'alarme à ce mot redoutable.
De quitter ma mère est-ce un crime, mon Dieu !
Pour aller dans vos bras quand on lui dit adieu.
Elle va m'appeler. ... fuyons.... prenons courage.
Peut-être ils font déja leurs apprêts de voyage.
Il faut qu'il reste. Allons, qu'avant ce soir surtout
Par cette lettre, ici, ma mère sache tout.
          (Elle pose une lettre sur la table à ouvrage de sa mère.)
Ils voudront essayer d'adoucir sa souffrance.
Lui..... de ce long amour lui fera confidence.
Comment ne pas l'aimer ? elle l'écoutera,
Et sa douleur calmée,... elle l'épousera.
Oh ! oui, je pars, je pars.... Mais surtout qu'elle ignore
Que j'ai fui de ces lieux parce que.... Je l'adore.
Il faut qu'elle attribue à la religion,
A l'attrait tout puissant d'une vocation......
   (On entend quelque bruit, elle cache son bouquet dans sa robe.)
Adieu, chère maison où je vécus heureuse !
Adieu verte pelouse, adieu l'allée ombreuse
Où le repas du soir fut si souvent porté.
Grands pins, mes parasols dans les beaux jours d'été
Beaux cygnes que j'aimais à voir battre des ailes
En mangeant de mon pain, et vous mes tourterelles,
D'autres vous nourriront, vous jetteront le grain
Que vous veniez ici becqueter dans ma main.
Il faut partir. Adieu, grandes, petites choses
Vieux ormes, peupliers, et bruyères et roses.
Adieu, charmant passé qui ne peut revenir.
Adieu présent fatal et trompeur avenir.
Adieu bouquet béni, voile de fiancée,
Couronne sur mon front, par le lin remplacée....
J'avais rêvé l'instant où....Comme en ce tableau.....
Il mettrait en tremblant à mon doigt son anneau.
Hélas ! je rêve encor, mais au lieu de moi-même
C'est un autre qui prend l'engagement suprême...
Ah ! courons dans l'oubli du cloître me cacher,
Il faut savoir enfin de ces lieux m'arracher.
          (Elle sort.)

SCÈNE II.

M. DE BELGARDES.

Allons, mon cher ami, prenons gaîment la chose
Nous sommes éconduits; chacun de soi dispose
Comme il lui semble bon. Nous serions maladroits
De lutter contre femme usant des tous ses droits.
Tu m'as d'abord prouvé que souvent le cœur change
Et qu'un ange se peut remplacer par un ange.
Sachons cacher l'état de nos cœurs trop épris
Et, crois-moi, reprenons le chemin de Paris.

M. DE VALMORE.

Moi, Paris ! pour jamais je veux quitter la France.
Ah ! si j'ai mérité qu'on parle d'inconstance
C'est que rien n'avait su réunir en faisceau
Ces rayons de mon cœur qui poursuivent le beau.
Là je trouvais la grâce unie à la sottise,
Là l'esprit sans beauté ; mais rien qui réalise
Ce modèle parfait que je porte gravé
Dans le fond de mon cœur et qu'enfin j'ai trouvé.

M. DE BELGARDES.

Tu m'en disais autant quand j'étais à Genève.
Je ne me plaindrais pas que ce ne fût qu'un rêve,
Si j'avais, plus heureux, pris la réalité.
Tu vois d'un double échec ton oncle dépité.
Non pas tant du refus, que d'être si peu sage
Que tomber tout-à coup amoureux à mon âge.
Mais je ne me tiens pas encore pour battu.
J'ai de l'expérience, en pareil cas, vois-tu.
Il faut vaincre l'amour ou vaincre la rebelle.
Je veux ne l'aimer plus ou bien être aimé d'elle.
Comme ce dernier point n'est pas le plus aisé
En commençant par l'autre on est plus avisé
Allons, imite-moi, viens, et plions bagage.

M. DE VALMORE.

Oh ! n'aurez-vous jamais qu'un ton de persiflage ?
Si vous saviez le mal que me font vos discours !

M. DE BELGARDES.

Crois-tu qu'on aime moins, pour rire des amours ?
J'espère avec le temps te prouver le contraire.
Que servirait d'aimer si l'on ne savait plaire ?
Il faut montrer bien plus son esprit que son cœur.
D'une femme amusée on est demi vainqueur.

M. DE VALMORE.

On pourrait bien ainsi rester à moitié route.

M. DE BELGARDES.

Ce ne serait toujours qu'une demi-déroute.

M. DE VALMORE.

Vous ne comprenez rien, mon oncle, au sentiment.
Notre génération aime tout autrement.

M. DE BELGARDES.

De tes dix ans de moins tu veux prendre avantage ;
Mais qui dit autrement, ne dit pas davantage,
Et puis mon cher neveu, ce n'est pas pour blâmer
De vous tous, jeunes gens, la manière d'aimer ;
Mais pour un, comme toi, soupirant d'élégie
Combien dans ce beau temps qui pratiquent l'orgie.

M. DE VALMORE.

Vous connaissez assez pour eux tout mon mépris.

M. DE BELGARDES.

Eux, traitent tes pareils de rêveurs, d'incompris.
Mais ne discutons pas sur les modes anciennes
Ou nouvelles d'aimer. Chaque peuple eut les siennes
Chaque âge apporte aussi quelque variation
          (Ironiquement.)
Il faut compter le temps que dure une affection
C'est la pierre de touche en pareille matière.
Si l'on aime longtemps c'est la bonne manière.

M. DE VALMORE (distrait.)

Oh! pourrai-je quitter ces lieux sans la revoir !
Je veux aller tout dire à sa mère et savoir
Pourquoi ces yeux si doux et si pleins de tendresse
Se sont voilés soudain d'une morne tristesse.

M. DE BELGARDES.

Crois-moi, mon cher neveu, pas tant d'explications
Ajournons à l'hiver toutes nos prétentions.
Pour soupirer en vain, moi j'ai l'âme trop fière.
Viens, je te trouverai quelque belle héritière
Qui te consolera des dédains d'aujourd'hui.
Aurais-tu pour dix ans de ce nouvel ennui ?
Mais j'y songe, vraiment, si mon humble demande
Eût reçu bon accueil, ma terreur serait grande
Que, d'un feu de quatre ans, éteint subitement
Une étincelle encor ne couve sourdement.

M. DE VALMORE.

Oh! vous ne savez pas qu'il est une puissance
Plus forte que l'amour.

M. DE BELGARDES.

                    Ah ! fais-m'en confidence.

M. DE VALMORE.

Le respect ! c'est un mot qu'ici j'ai bien compris
Pour la première fois, et je l'ai d'elle appris.

M. DE BELGARDES.

Comment d'elle ? de qui ?

M. DE VALMORE.

                    De la mère de Blanche.

M. DE BELGARDES.

(Sérieusement.)

Ton cœur est aussi bon que ta parole est franche,
Je te crois. Mais hélas ! que me sert d'être en paix
Là-dessus, si je dois ne la revoir jamais.

M. DE VALMORE,

Oui, quand je l'ai revue après ces quatre années,
Les puissances du cœur, en moi, tout étonnées
S'agitèrent d'abord comme un fougueux torrent
Qui trouve tout à coup issue à son courant.
Un peu d'épais limon se mélange à l'eau pure
Puis il devient cristal en couvrant la verdure.
La voyant si tranquille en ce calme séjour,
En admiration se changea mon amour.
Je sentais de mon sang les flammes trop rapides
S'éteindre lentement dans ses regards limpides.
Malgré leur expression et leur vague langueur
Ces beaux yeux m'ont semblé capables de rigueur.
Elle était moins jolie et cependant plus belle,
C'était d'une beauté plus noble et maternelle.
Une secrète voix s'élevant dans mon cœur
M'ordonna de l'aimer comme on aime une sœur,
Une mère......

M. DE BELGARDES.

Surtout de fille si jolie.

M. DE VALMORE.

O mon oncle de grâce, épargnez l'ironie.
Oui sur le champ j'ai lu mon arrêt dans ses yeux.

Elle me défendait d'elle, d'être amoureux.
Par un instinct de mère et sans savoir ma flamme
J'ai compris qu'à ses yeux je deviendrais infâme
Si dans un autre espoir que d'être un jour l'époux
De sa fille j'osais tomber à ses genoux.

M. DE BELGARDES.

C'est subtil.

M. DE VALMORE, (Comme à lui même.)

                    Admirer ! c'est un plaisir suprême
Qui succède à l'amour. Juge-t-on quand on aime?
Quand l'esprit et le cœur se mettent de moitié
Ce n'est plus de l'amour.....

M. DE BELGARDES.

                    C'est mieux, c'est l'amitié.
Je fais en t'écoutant bien sotte maladresse
Car tout ce que tu dis redouble ma tendresse
Pour cette femme....

M. DE VALMORE.

                    Et moi j'oublie en en parlant
Pour un instant du moins, mon chagrin accablant,
(Ils s'éloignent.)

SCÈNE III.

MADAME D'ARBEL entre par une autre porte.

Blanche !.... C'est étonnant. Qu'est-elle devenue ?

ANDRÉ (arrivant.)

Madame je l'ai vue au loin dans l'avenue.
On a sellé Léda. Mademoiselle a dit
Qu'elle allait au hameau.

MADAME D'ARBEL.

                    Seule ! tu perds l'esprit.
C'est la première fois... bien.. va-t-en. J'imagine
(André sort.)
Qu'elle aura redouté de voir la triste mine
De nos deux amoureux, Ils vont faire à ma sœur
Un récit bien affreux de ma noire rigueur.
Quel pénible entretien ! maintenant je respire.
Je crois que j'ai bien fait et pourtant je soupire.
Car ce parti pour Blanche était avantageux,
Et j'avais espéré qu'ils se plairaient tous deux.
(Elle paraît pensive.)
Ce monsieur de Belgardes est vraiment fort aimable
Mais je crois que d'aimer je ne suis plus capable.
Pourtant que devenir, si Blanche me quittait ?
Si, toute à son mari, plus rien ne me restait ?
Bah ! tout est pour le mieux, et vraiment je préfère
Que Blanche encor un an, reste auprès de sa mère.
(Elle s'approche de la table à ouvrage.)
Elle a laissé son livre...., un papier cacheté !
Mais c'est son écriture... à moi ?..... fatalité !
(Elle lit.)

Blanche ! serait-il vrai ? vite, André, la voiture
(Elle appelle.)
Qu'on attelle.... pourrai-je achever la lecture ?
Il le faut cependant... je tremble, ai-je bien lu ?
Je voudrais espérer que mes yeux ont mal vu.
Blanche, se pourrait-il ! Blanche, ma chère idole
As-tu pu me porter ce coup qui me désole !

(Elle lit tout haut.)

« Mère ! ne donne pas ta malédiction
« A ta fille qui prend la résolution
« De se donner à Dieu. Ma mère je te quitte
« La gloire ne s'acquiert que par un grand mérite
« Et je veux obtenir par un sublime effort
« D'avoir au paradis au moins un heureux sort. »
Ton sort n'était-il pas heureux près de ta mère ?
Ah ! c'est à se briser le front contre une pierre !
Comment n'ai-je rien vu, deviné, ni compris ?
Et qui donc accuser du parti qu'elle a pris.
Quel démon jusqu'ici m'avait donc aveuglé ;
Est-ce que notre vie était trop bien réglée ?
A-t-elle du couvent pu prendre ici le goût
A faire chaque jour sa tâche jusqu'au bout.
Ne mettais-je donc pas tous mes soins au contraire
A varier l'étude afin de la distraire.
Ai-je trop exalté le sens religieux
En lui donnant le goût d'exercices pieux ;
Et Dieu permettrait-il que mon cœur se repente
De l'avoir à ses lois rendue obéissante.
Nous allions toutes deux prier matin et soir
Au tombeau de son père, et c'était un devoir.
Elle aimait avec moi les saintes promenades,
A suivre le vieux prêtre au chevet des malades ;
Je me glorifiais quand la voix d'un mourant
S'élevait pour bénir ma fille en expirant.

ANDRÉ entrant.

Madame, les chevaux étaient dans la prairie
Car on rentre les foins. Le garçon d'écurie
Est allé les chercher.

MADAME D'ARBEL.

Bon Dieu ? Quelle lenteur !

ANDRÉ.

Une lettre à l'instant qu'apporte le facteur.
(Il s'éloigne un peu.)

MADAME D'ARBEL.

Et ma sœur qui m'annonce ici son arrivée !
Ma Blanche ! auparavant tu seras retrouvée.
André, dépêche-toi.

ANDRÉ.

Madame ! bien pardon
Est-ce quelque malheur qui.....

MADAME D'ARBEL.

Non, mon ami, non.

ANDRÉ.

C'est que depuis quinze ans je n'ai vu tant de trouble....

MADAME D'ARBEL.

Va, te dis-je, va donc.
(André sort.)

Mon angoisse redouble.
Si ce n'était si loin, j'y volerais à pied.
Qu'a-t-elle encor écrit sur ce fatal papier ?
(Elle continue la lettre et s'asseoit sur un canapé.)

« Je vais prier pour toi, mère dans la retraite
« Pour le monde je crois que je n'étais pas faite. »
(S'arrêtant.)

Hélas ! ce matin même elle me l'avait dit.

Peut-être elle voulait m'éclairer : jour maudit !
Que faire ? il est trop tard pour arrêter sa fuite,
Oh ! mais je saurai bien en empêcher la suite.
Chère enfant ! Crois-tu donc que je puisse un seul jour
Avec calme en ces lieux attendre ton retour.
Ah ! dans quelques instants tu me seras rendue.
Je te retrouverai, chère brebis perdue !
Ne savais-tu donc pas que c'est m'ôter mon bien....
Tu n'avais pas le droit de briser ce lien
Que rive la nature au fond de nos entrailles.
Tu m'appartiens toujours derrière ces murailles
Qui peut-être déja retombent sur ton cœur
Et te font du grand air regretter le douceur.
Oh ! reviens dans mes bras ! reprends ici ta place,
Il te faut le soleil pour vivre et non la glace ;
Toi la fleur de nos prés, le parfum de nos bois,
Toi qui de ce vallon étais l'âme et la voix,
Blanche ! Blanche ! reviens. Ah ! je suis en délire
Elle ne m'entend pas.... j'ignorais tout l'empire
Qu'elle exerçait sur moi.... dès son berceau pourtant
Elle de mes pensées, était l'objet constant.
Je la voyais grandir, j'épiais la nature
Comme le jardinier qui soigne sa culture.
Je voyais chaque jour se velouter son teint,
Ses contours s'arrondir. Plus fraîche qu'on ne peint
Aux premiers feux d'été la pomme rougissante,
Elle s'embellit de la pudeur naissante.
Chaque jour sur ses traits l'âme se peignait mieux
Et venait épaissir le velours de ses yeux.
Au récit des hauts faits, des actions généreuses,
Ou de l'indignité des âmes envieuses
Je voyais se changer en un vif incarnat
La blancheur de sa joue, ou son teint délicat
Devenir tout-à coup d'une pâleur divine.
Je voyais son corsage et sa rose narine
S'enfler en même temps, et jaillir de son œil
Pour notre humanité le mépris ou l'orgueil.
Oh ! que j'aimais la voir sous les grands pins assise
Lisant..... ses beaux cheveux soulevés par la brise,
Et ses contours si purs voilés modestement
Par les plis gracieux d'un simple vêtement.
Je craignais quelque fois la raison trop hâtive
Qui jetait sur son front comme une ombre pensive.
Alors, je l'excitais à de joyeux ébats.
Que de son rire heureux, j'aimais les frais éclats !
La voir, pour une fleur, courir comme Atalante,
Revenir dans mes bras se jeter haletante !
O mes jours de bonheur ! je vous dirais adieu
Avec moins de regrets si Blanche de ce lieu
S'éloignait pour charmer dans une autre famille
Un époux qui saurait apprécier ma fille.
Voilà donc d'où venait son étonnant refus ?
De monsieur de Valmore..... ah tout semble confus
Dans ce départ subit. Mais que vois-je, insensée !
Je n'avais pas tout lu, du premier coup brisée.
(Elle lit.)

« Rapelle-toi l'avis qu'hier je te donnais.

« Mère ! épouse celui que tu me destinais.
« Il t'aime, je le sais. Souviens-toi de Genève.
« Un étranger toujours te suivait sur la grève.
« Tu ne le voyais pas car toujours tes regards
« Aimaient à se fixer sur les lointains brouillards,
« Moi, je me retournais, effrayée à sa vue.
« Depuis qu'il est ici, je m'en suis souvenue. »
Oh ! quel est ce mystère ? et quel jour plein d'horreur
Commence à pénétrer.... de comprendre j'ai peur.
Quel sexe infortuné que celui dont nous sommes !
Faut-il avoir toujours tout à craindre des hommes !
Ici pendant dix ans j'ai vécu dans la paix
Sans chagrins, ni tourments, grâce à ce que jamais
Leurs pas n'ont pénétré dans ma chère demeure.
Sur la foi de ma sœur, je leur ouvre mon seuil
Ils ne le quitteront qu'en y laissant le deuil.

    M. DE BELGARDES ET M. DE VALMORE s'avançant.

Entrez, messieurs, venez contempler votre ouvrage
Non, fuyez, votre vue encore ici m'outrage.

        M. DE BELGARDES.

Madame ! se peut-il ? quelle funeste erreur
De vous avoir déplu me cause la douleur ?

        M. DE VALMORE.

Madame, j'espérais que sans inconvenance
Je pouvais encor exprimer quelque espérance.......

       MADAME D'ARBEL

Et de quelle espérance osez-vous me parler ?
Sous quelque nouveau coup venez-vous m'accabler ?

        M. DE BELGARDES.

Que penser ! son état est incompréhensible
Je cherche à deviner. Mais non, c'est impossible.

       MADAME D'ARBEL.

Dites. Dans quel espoir veniez-vous en ces lieux ?

        M. DE VALMORE.

D'obtenir un bonheur qui fit envie aux cieux.

       MADAME D'ARBEL.

Cessez de me tenir un perfide langage.
Lisez monsieur, lisez.

      (Elle lui tend la lettre de Blanche)

        M. DE BELGARDES.

        Elle est folle je gage
Et c'est peut-être heureux qu'elle m'ait refusé.

       (Il s'approche d'elle.)

Madame, remettez votre esprit abusé.

      M. DE VALMORE (après avoir lu)

Oh ! quel ange ! je meurs de douleur et de honte.
Madame, à vos genoux, souffrez que je raconte
L'histoire de ce cœur qui n'est peut-être pas
Trop indigne de vous, de votre fille hélas !
Qui j'espère à son tour, daignera m'entendre
Car d'un secret espoir je ne puis me défendre.

       MADAME D'ARBEL.

Expliquez-vous monsieur. Que faites-vous ici ?
Genève, un étranger qu'est-ce que tout ceci ?

        M. DE VALMORE.

Oui je vous adorais. Ce n'était pas un crime
Car de ma passion moi seul était victime.

Je venais jeune encor, d'éprouver un chagrin
Comme on en trouve tant dans le mauvais chemin.
Des femmes de Paris vous étiez différente,
Vous sembliez toujours fuir la foule élégante.
On devinait votre âme au fond de vos regards ;
Admirant la nature et cultivant les arts,
Souvent au bord du lac je vous voyais rêveuse,
Traverser sans la voir la foule insoucieuse ;
A votre belle enfant parlant avec douceur,
Dont malgré son jeune âge on vous croyait la sœur.

       MADAME D'ARBEL.

Assez, monsieur, de grâce...

        M. DE VALMORE.

           Oh ! laissez-moi tout dire,
La beauté, la vertu faisaient tout votre empire.
Vous adorer de loin remplissait tout mes jours ;
Je me laissais aller à ce bienheureux cours.
Un amour vertueux est un baume pour l'âme
Qui, folle, s'est brûlée à quelque impure flamme !
Un jour, tout disparut. Je courus effaré,
A l'hôtel où deux mois vous aviez demeuré.
Un nom, c'était beaucoup. Vous aviez fait défendre
De le dire à personne et je ne pus l'apprendre.
Mon oncle m'entraîna. Nous avons voyagé
Et je fus du bonheur longtemps découragé.
Puis le désir me vint, perdant toute espérance,
D'essayer si la paix d'une douce alliance
N'était pas le vrai bien que cherche un noble cœur,
Qui, seul, n'a jamais su comprendre le bonheur.
Me croirez-vous madame, à vos pieds quand j'assure
Que le hasard tout seul à formé l'aventure
Qui nous a rapprochés. Me croirez-vous aussi
Par l'amour maternel, quand je vous jure ici,
Que jamais des respects dûs à tous vos mérites
Mes plus secrets désirs n'ont franchi la limite.

    MADAME D'ARBEL. (lui tendant la main)

Je vous crois.... mais hélas ! pourquoi ma pauvre enfant...

        M. DE VALMORE.

Oh ! je l'aime, madame, et mon cœur se défend
En vain contre l'espoir qu'elle m'aime peut-être.
Mais Dieu ! c'est elle !

 Blanche revient avec madame de Salvere, sa tante, elles ont entendu
    les dernières paroles de M. de Valmore.

       MADAME D'ARBEL.

       Blanche ! ah ! je me sens renaître !
Ma sœur !

   (Elles se précipitent dans les bras l'une de l'autre)

       MADAME DE SALVERE.

      Embrasse-moi. Je sais tout. J'arrivais.
Tu sais bien que sans moi rien ne se fait jamais.
Je rencontre ma nièce à la dernière grille
De ton parc, chevauchant, toujours fraîche et gentille.
J'ordonne d'arrêter. Mais quel est mon effroi
Quand je la vois glisser à bas du palefroi
Pâle comme la mort. Devinant qu'une peine
Soulevait sa poitrine et coupait son haleine,
Je lui fit respirer d'abord un peu de sel ;

En pareille occurence, on le sait rien de tel.
Puis la faisant asseoir au fond de ma voiture
Je lui fis raconter toute son aventure.
                    BLANCHE.
Oh! ma tante! pitié!
              MADAME DE SALVERE.
                        Ne crains rien, ton secret
Ne sera pas par moi divulgué. Ce bouquet.....
                    M. DE VAMORE (avec joie.)
Celui que j'ai donné!.....
                    MADAME DE SALVERE.
                        Qui tomba du corsage
Et dont je m'emparai; car la belle volage
Allait en faire don à son céleste époux,
Sans plus se soucier qu'un autre en soit jaloux.
              MADAME D'ARBEL.
Ma Blanche tu l'aimais! quel noble sacrifice !
Il fait ta gloire après qu'il a fait mon supplice !
    (Elle prend les mains de Blanche et ceux de M. de Valmore.)
Oublions tout. Pourtant je ne puis concevoir.....
Qu'importe le passé. Je ne veux rien savoir,
Si non que vous l'aimez. Blanche tu viens d'entendre.
Au langage du cœur on ne peut se méprendre.
              MADAME DE SALVERE.
        (A Blanche et tirant de sa poche une lettre ouverte)
Cette lettre reçue au moment de partir
Me peignait son amour et ne saurait mentir.
                M. DE BELGARDES.
Encor mieux qu'un écrit, croyez en sa parole,
Pour l'honneur j'ose dire, il fut à bonne école.

MADAME D'ARBEL. Les serrant tour à tour dans ses bras.
Mon fils ! ma fille !
              MADAME DE SALVERE.
          Allons pas d'attendrissements,
Gardons pour nos douleurs tous ces beaux larmoiements.
                    BLANCHE.
A ma mère ai-je pu causer une souffrance !
                    MADAME D'ARBEL.
Je devais espérer toute ta confiance.
                    BLANCHE.
J'étais folle. Pardon ma mère. Bénis-nous.
                M. DE VALMORE.
Acceptez-vous l'anneau du trop heureux époux ?
    (Il passe un anneau au doigt de Blanche qui l'accepte après
        avoir regardé sa mère qui l'approuve par un signe.)
              MADAME DE SALVERE.
Et la noce bientôt, car Paris me rappelle.
                MADAME D'ARBEL.
Oh! le temps seulemement d'orner notre chapelle.
Enfants soyez heureux ! je bénis votre amour.
          M. DE BELGARDES. (A Madame d'Arbel.)
Et moi, puis-je espérer, madame, l'être un jour ?

        (Elle sourit en lui tendant la main.)

                                Comtesse de L***

FIN.

MONTARGIS. — Imprimerie de CHRETIEN, place des Récollets, n° 15.

FONTAINE.
VIOLOT. SC.